Umschlag und Satz: Heinrich Eiermann
Printed in the Czech Republic
Druck und Bindung: Finidr, s.r.o.

Erste Auflage, 2017
ISBN 978-3-8497-0179-6
© der deutschen Ausgabe 2017 Carl-Auer-Systeme Verlag
und Verlagsbuchhandlung GmbH, Heidelberg
Alle Rechte vorbehalten

Die Originalausgabe erschien 2015 unter dem Titel
„Le Double" bei Editions Notari, Genève, Switzerland
© 2015 Editions Notari, Genève
Veröffentlichung durch Vermittlung der Agentur Phileas Fogg.

Übersetzt aus dem Italienischen von Fritz B. Simon

Bibliografische Information der Deutschen Nationalbibliothek:
Die Deutsche Nationalbibliothek verzeichnet diese Publikation
in der Deutschen Nationalbibliografie; detaillierte bibliografische
Daten sind im Internet über http://dnb.d-nb.de abrufbar.

Informationen zu unserem gesamten Programm, unseren Autoren
und zum Verlag finden Sie unter: **www.carl-auer.de**.

Wenn Sie Interesse an unseren monatlichen Nachrichten
aus der Vangerowstraße haben, können Sie unter
http://www.carl-auer.de/newsletter den Newsletter abonnieren.

Carl-Auer Verlag GmbH • Vangerowstraße 14 • 69115 Heidelberg
Tel. +49 6221 64 38-0 • Fax +49 6221 64 38-22 • info@carl-auer.de

Davide Calì · Claudia Palmarucci
DAS DUPLIKAT

Carl-Auer Verlag

Es geschah vor langer Zeit …

Damals war ich jung und strotzte vor Energie. Nie wurde ich müde. Seit Kurzem arbeitete ich in der Verwaltung einer großen Fabrik. Ich kann nicht genau sagen, was wir herstellten, aber wir waren alle sehr beschäftigt.

Ich führte Buch darüber, welche Stückzahlen unser Betrieb monatlich produzierte.

Monat für Monat sagten sie uns, dass wir eine noch höhere Stückzahl herstellen müssten, und ich musste prüfen, wie viel Wachstum wir schafften.

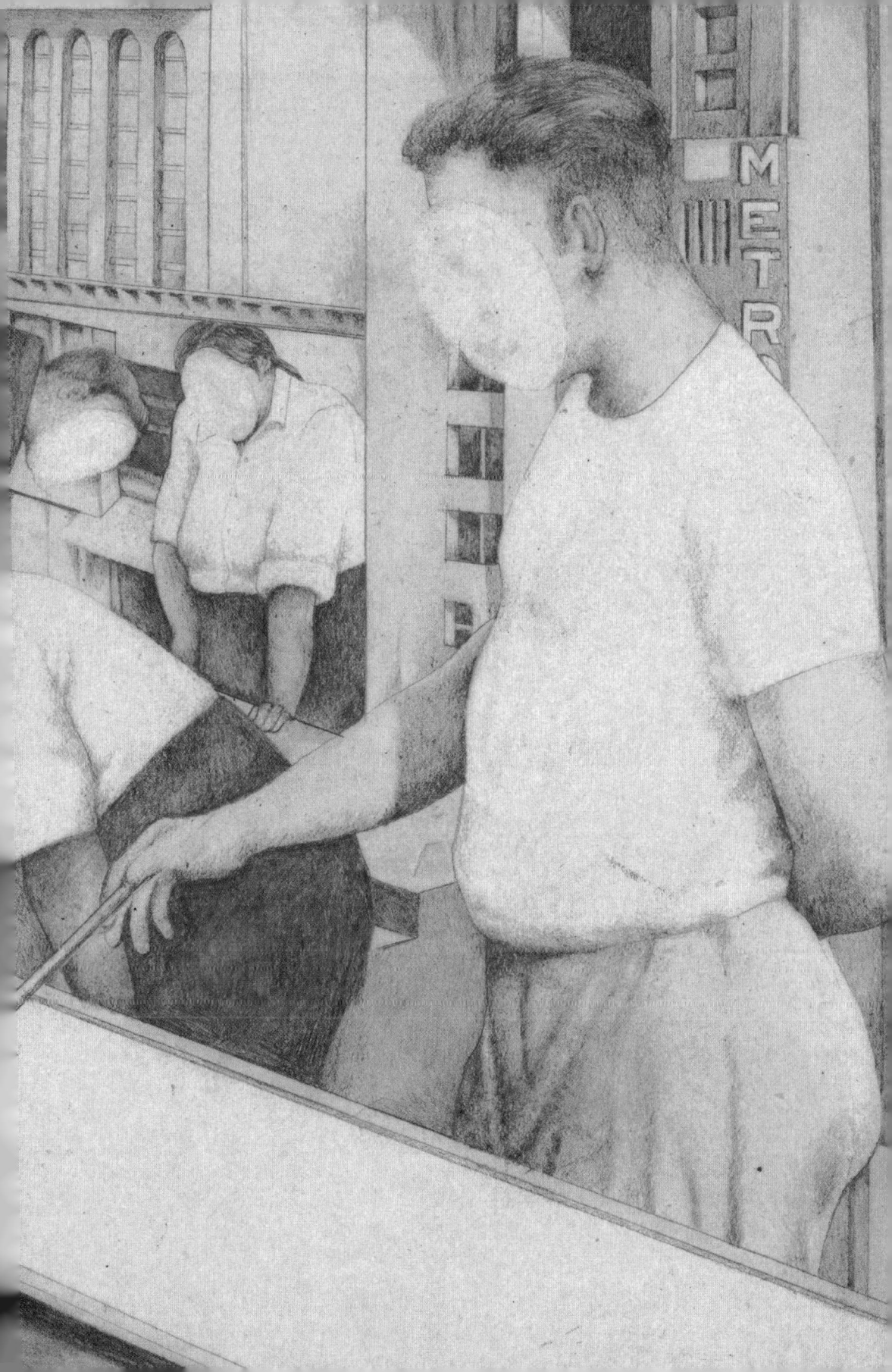

Aber – Stücke wovon habe ich nie verstanden. Ab und zu ging ich runter in den Produktionsbereich, wo die Arbeiterinnen die »Sachen« montierten ... ich weiß nicht mal, wie man sie nennt.

Es war jedenfalls keine schlechte Arbeit.
Nur ein bisschen ermüdend, am Anfang.

Nach und nach wurde es aber immer mühsamer.

Wir mussten auch am Samstagvormittag arbeiten.
Dann auch noch am Samstagnachmittag.

Schließlich sogar sowohl am Samstag als auch am Sonntag.

Damals galt die Parole:

»Nie anhalten!
Keine Zeit verlieren!
Arbeiten, arbeiten, arbeiten!«

Es gab sogar Plakate, die uns daran erinnern sollten,
für den Fall, dass es jemand vergaß.

Eines Tages forderten sie uns auf, auch am Abend zu bleiben,
um zu arbeiten. Nur für einen Monat, weil wir viele Aufträge
zu erledigen hätten. Einige blieben, andere gingen nach Hause.

Der Monat verging, und die Nachfrage hielt an.
So begannen auch die, die zunächst am Abend nach Hause
gegangen waren, zu bleiben und bis spät zu arbeiten.

Abends wurde ich zunehmend müder. Manchmal schlief ich am Schreibtisch ein. Dann schleppte ich mich nach Hause. Ich schaffte es kaum, etwas zu essen, und schon verzog ich mich ins Bett.

Eines Tages kam ich nach Hause und stellte fest, dass die Fische im Aquarium tot waren.

Es war zu lange her, dass ich ihnen Futter gegeben hatte.
Ich war zu müde, um daran zu denken. Das war der Zeitpunkt,
zu dem ich mir sagte, dass es so nicht weitergehen konnte.

Ich sah meine Freunde nicht mehr, ich hatte keine Zeit mehr,
ins Kino zu gehen, ich schaffte es nicht mal mehr, meine Mutter
zu besuchen.

Ich wusste nicht, wie ich es meinem Chef sagen sollte, aber ich wollte kündigen. Mein Chef, Herr Rieslinger, mochte mich sehr, vielleicht weil ich ihn an den Sohn erinnerte, den er nicht mehr hatte.

Ich wusste, es würde ihn sehr schmerzen, wenn ich wegginge.

Doch Herr Rieslinger nahm es wider Erwarten sehr gut auf. Kaum hatte ich ihm erklärt, wie die Dinge lagen, begann er zu lachen! Er klopfte mir fest auf die Schulter und sagte:

»Das ist alles? Mensch, Xaver, du hast mir ja beinahe einen Schrecken eingejagt!«

Dann griff er in seine Jackentasche
und zog ein Kärtchen heraus:

»Da, geh zu dieser Adresse und sage bitte, dass ich dich schicke. Sie erledigen dann alles andere.«

Unter der Adresse, die auf dem Kärtchen stand, befand sich ein Geschäft. Dem Schild nach hätte man es für einen Schönheitssalon halten können.

Ich trat ein, zeigte mein Kärtchen einer jungen Frau und erklärte ihr, dass mich Herr Rieslinger schickte.

Sie lächelte und rief jemanden.

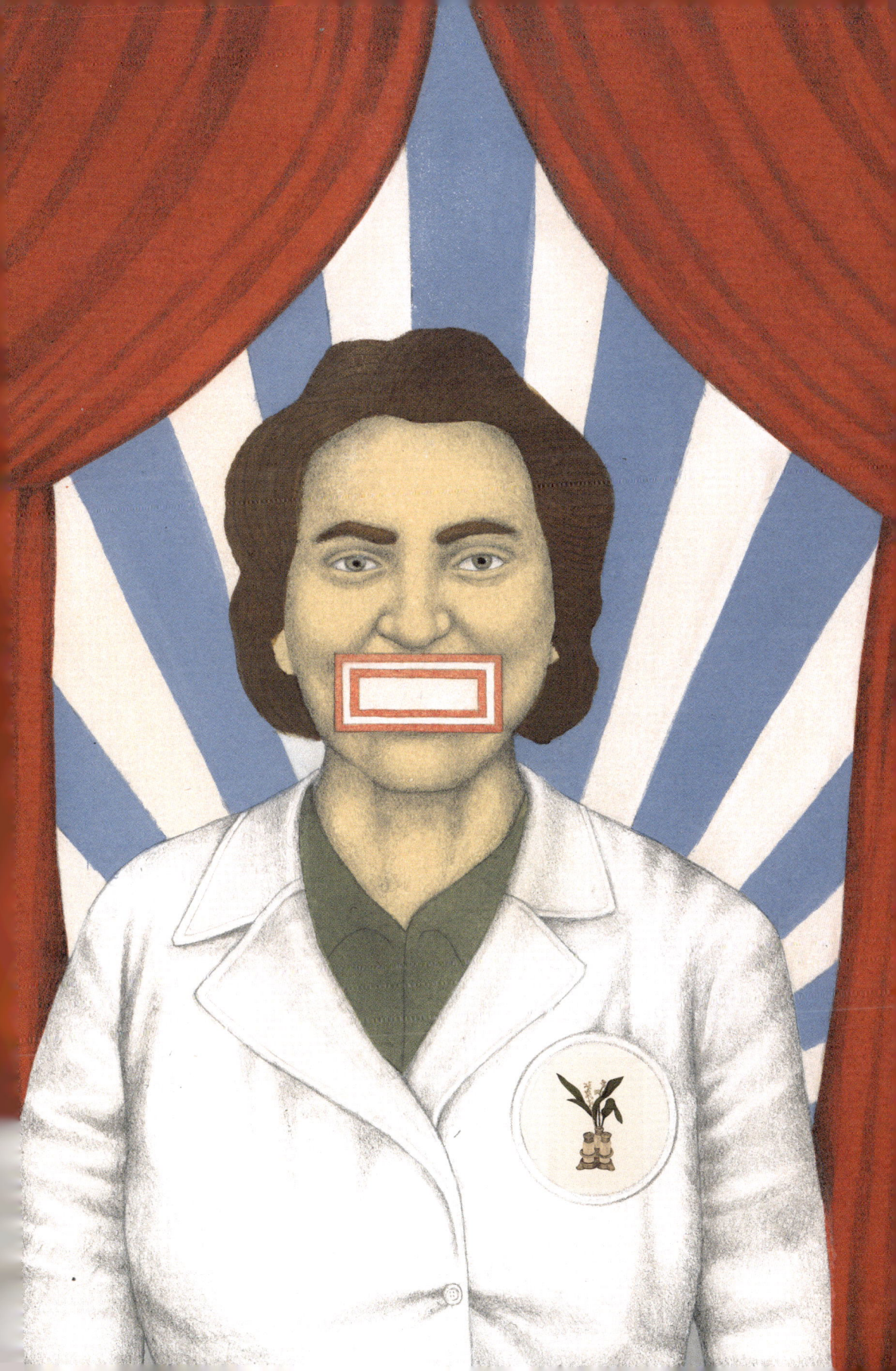

Ich kann nicht mehr genau sagen, wie alles ablief, aber ich fand mich ganz nackt in einer Badewanne voll warmen Wassers.

Vielleicht hatte Herr Rieslinger gedacht, ein Entspannungsbad würde mir guttun, da ich so erschöpft war.

Das war nett von ihm, dachte ich, aber ich würde trotzdem zurückkehren und ihm erklären, dass ich wirklich nicht mehr könne, dass ich kündigen und eine weniger anstrengende Arbeit finden müsse.

Im warmen Wasser entspannte ich mich und begann, darüber zu sinnieren, wohin ich in den Ferien gern fahren würde: ans Meer vielleicht, weil das Meer mir immer so sehr gefallen hat. Das muss der Moment gewesen sein, in dem ich eingeschlafen bin, so entspannt war ich.

Tatsache ist: Als ich die Augen wieder öffnete, fühlte ich mich gut, erholt. Ich dachte noch mal darüber nach, was ich Herrn Rieslinger sagen wollte, und kam zu dem Schluss,

dass ich ihm keinen Kummer bereiten wollte.

Während ich so in der warmen Wanne lag, bemerkte ich, dass um mich herum eine Menge Apparaturen aufgebaut waren. Sie schienen kompliziert, vielleicht zu kompliziert für einen einfachen Schönheitssalon.

Nach einer Weile erschien die junge Frau wieder, die ich gesehen hatte, als ich den Schönheitssalon betreten hatte, und sagte zu mir: »Wir sind fast fertig. Warten Sie noch fünf Minuten.« Mir ging es gut in der Wanne, aber ich dachte:

»Fertig? Womit?«

Ich weiß, es ist eine merkwürdige Geschichte, ein bisschen mysteriös, aber es ist wirklich so abgelaufen.

Ich dachte, ich hätte verstanden, was passierte, aber tatsächlich hatte ich nichts verstanden. Aus dem Nebenzimmer kamen seltsame Geräusche. Ich stieg aus der Wanne, um nachzuschauen …

Ihr könnt euch meine Überraschung nicht vorstellen, angesichts dessen, was ich im Nebenzimmer sah – in genau so einer Wanne mit warmem Wasser wie der, in der ich eingeschlummert war:

Da lag ich noch mal.

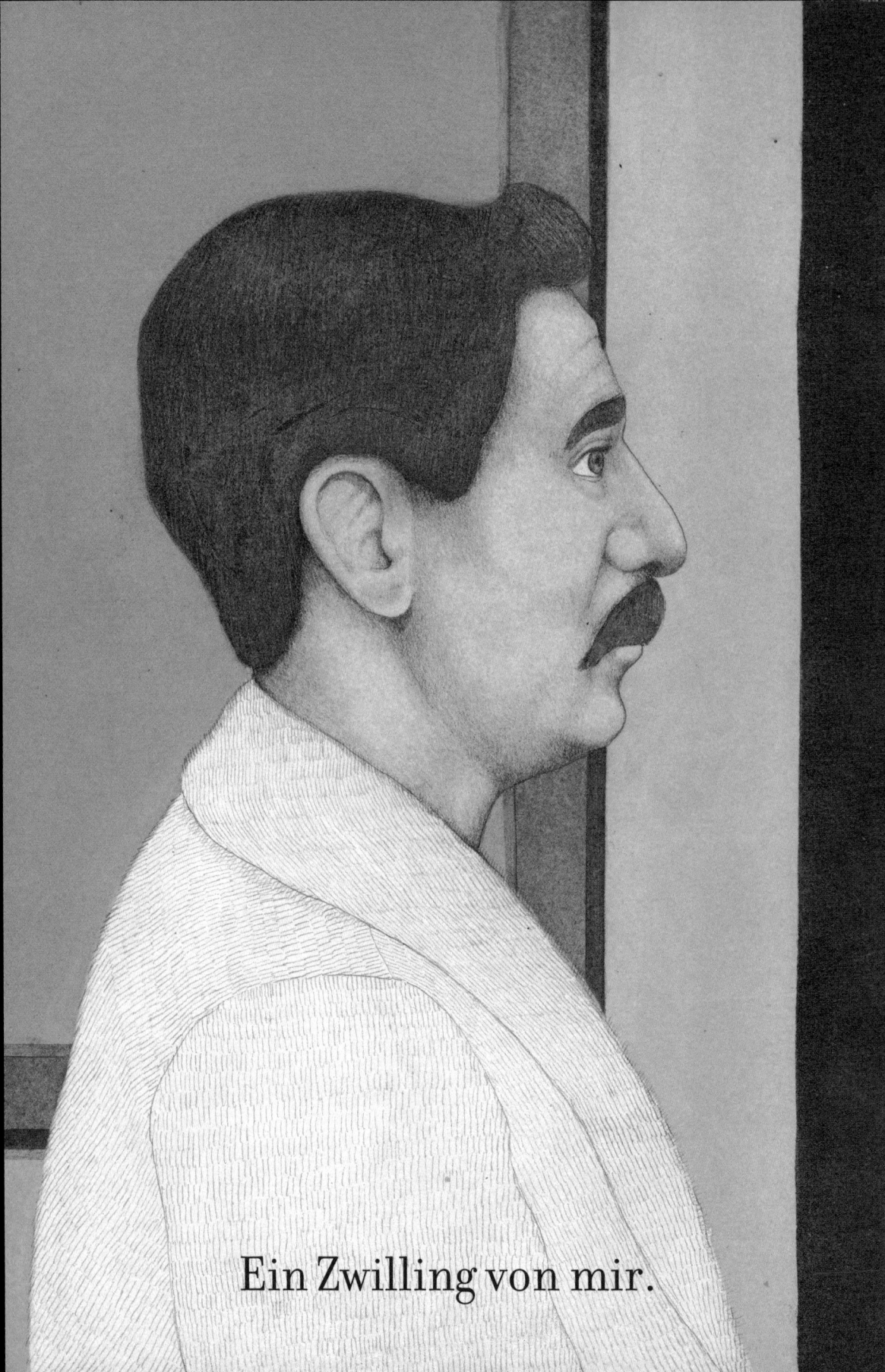

Ein Zwilling von mir.

Ein perfektes Duplikat.

Noch nicht fertig angezogen, ergriff ich die Flucht.

Am nächsten Tag rief mich Herr Rieslinger in sein Büro. »Jetzt, wo du einen Doppelgänger hast, Xaver, wirst du uns nicht mehr verlassen, stimmt's?«, sagte er.

Ich wusste nicht, was ich sagen sollte, und stammelte irgendwas.

Herr Rieslinger erklärte mir, dass die Arbeit sehr hart sei, auch für die anderen Angestellten, dass wir aber nicht aufhören könnten. Dass wir immer noch so viele Aufträge hätten.

Zum Glück gebe es die Duplikate.

Die Duplikate könnten zu Hause Staub saugen, sich auf der Post in die Schlange stellen, um Rechnungen zu bezahlen, die Mutter an ihrem Geburtstag anrufen, die Wäsche bei der Reinigung abholen, den Hund Gassi führen und im Garten den Rasen mähen.

»Manchmal gehen sie auch für dich zu Rendezvous. Und wenn du keine Zeit hast, dich zu verloben, so kann es dein Doppelgänger an deiner Stelle tun«, sagte mir Herr Rieslinger.

»Wenn sie so tüchtig sind, warum lassen Sie nicht die Duplikate an unserer Stelle arbeiten?«, fragte ich.

Herr Rieslinger zündete sich die Pfeife an und atmete tief durch: »Weil sie nicht perfekt sind. Sie können inzwischen schon so einige Dinge erledigen, aber eure Fähigkeiten sind nicht ersetzbar.

Wir kommen ohne euch absolut nicht aus.«

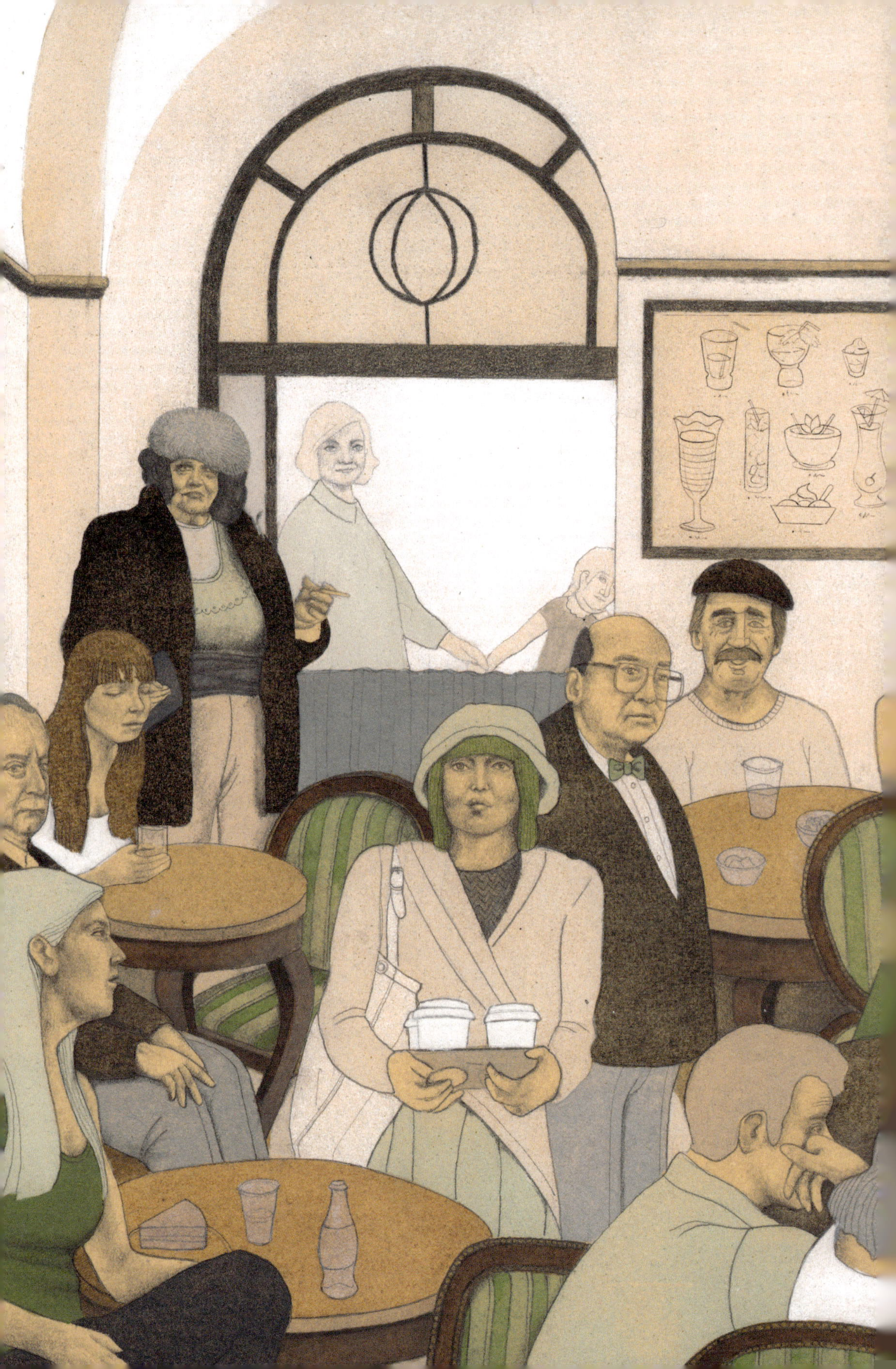

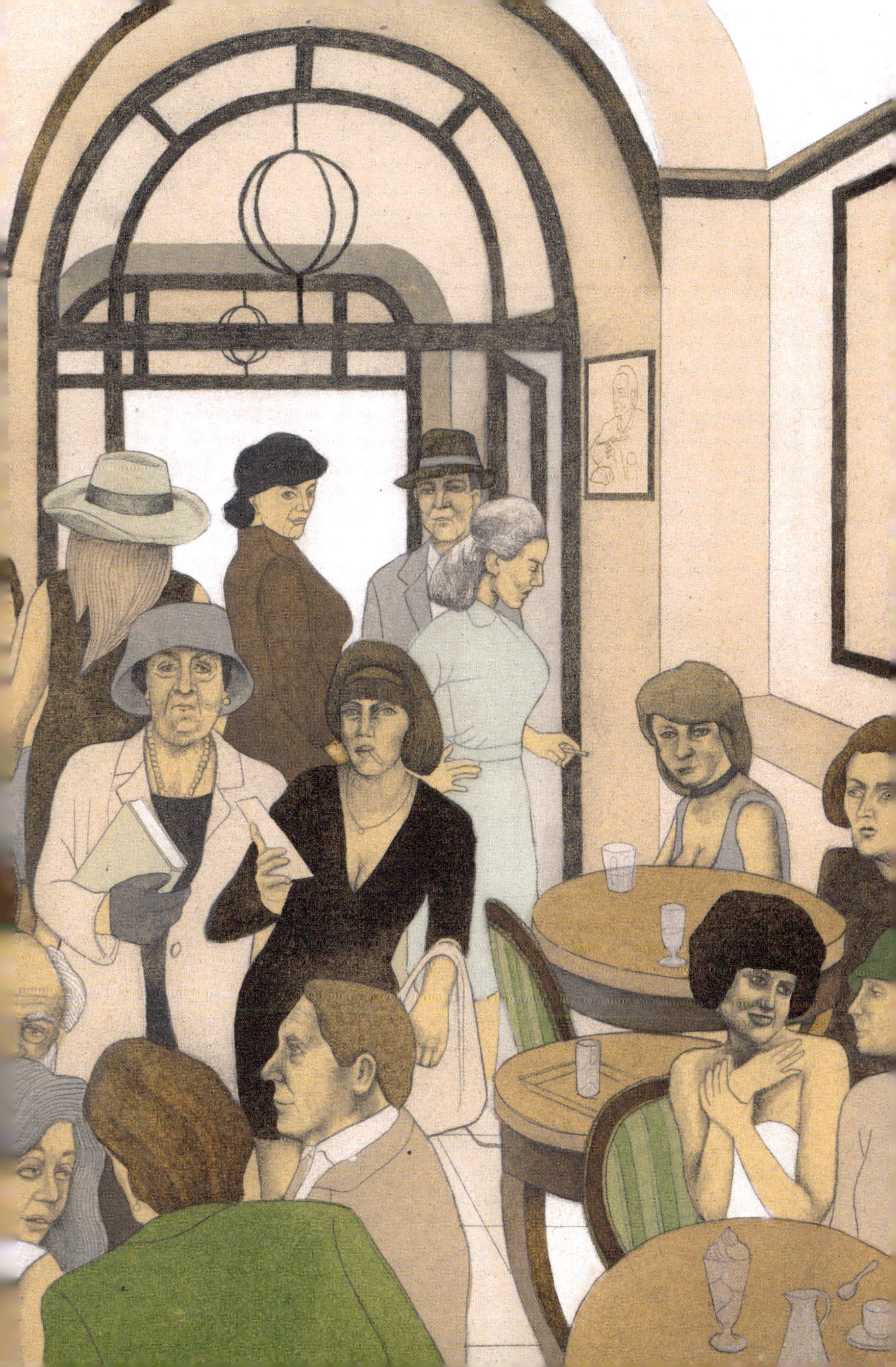

In dem Moment ging im Produktionsbereich ein Alarm los. Etwas hatte das Montageband blockiert. Herr Rieslinger nahm seinen Hut und verließ eilig den Raum.

Einer Arbeiterin war schlecht geworden. Sie war auf das Förderband gestürzt, und das Band hatte sie bis ins Getriebe mitgeschleppt.

Ich kehrte in mein Büro zurück.

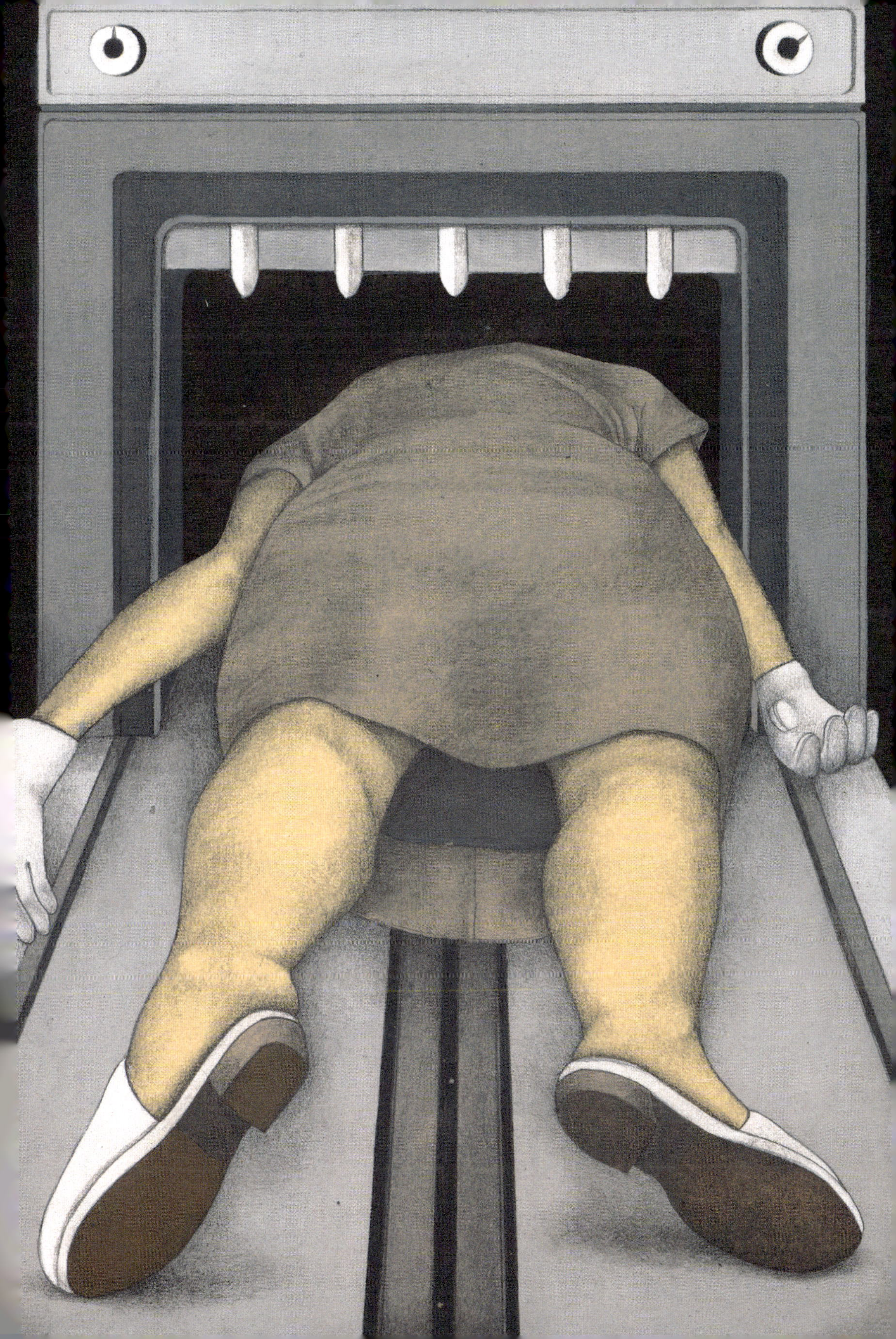

Mehrere Tage lang dachte ich an die Worte von Herrn Rieslinger. Musste ich mich wirklich damit abfinden, so zu leben? Meine Tage im Büro zu verbringen, während ein Duplikat den Garten in Ordnung hielt, mit meiner Mutter telefonierte, um ihr alles Gute zum Geburtstag zu wünschen, sich mit einer Frau zum Essen verabredete und sich mit ihr, die ich nicht einmal kannte, verlobte?

Kurz gesagt: Musste ich nur ans Arbeiten denken, während eine Kopie von mir das wahre Leben an meiner Stelle lebte? Und baten sie uns wirklich nur für einen Monat diese Opfer zu bringen? Oder würde nach diesem Monat ein anderer Monat kommen und danach noch einer?

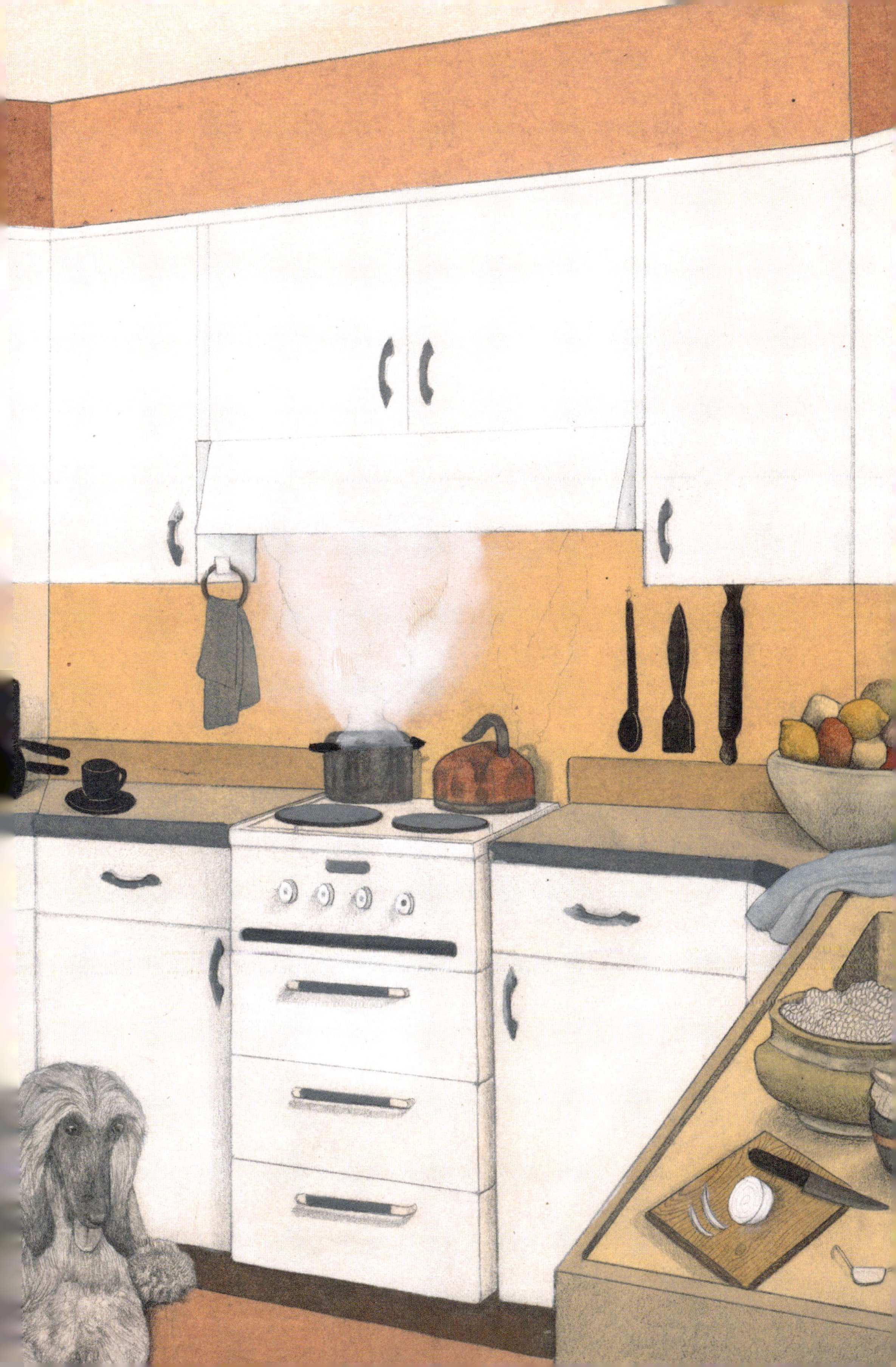

Als ich am Abend nach Hause ging, sah ich die Arbeiterin, die in das Räderwerk gezogen worden war. Es ging ihr gut. Sie lächelte, während sie in ein Schaufenster blickte. Ich war froh, dass ihr nichts passiert war, nichts Schlimmes.

Aber plötzlich kam mir der Gedanke, dass vielleicht die Frau, die ich sah, nur eine Kopie war, ihr Duplikat. Sie schien glücklich.

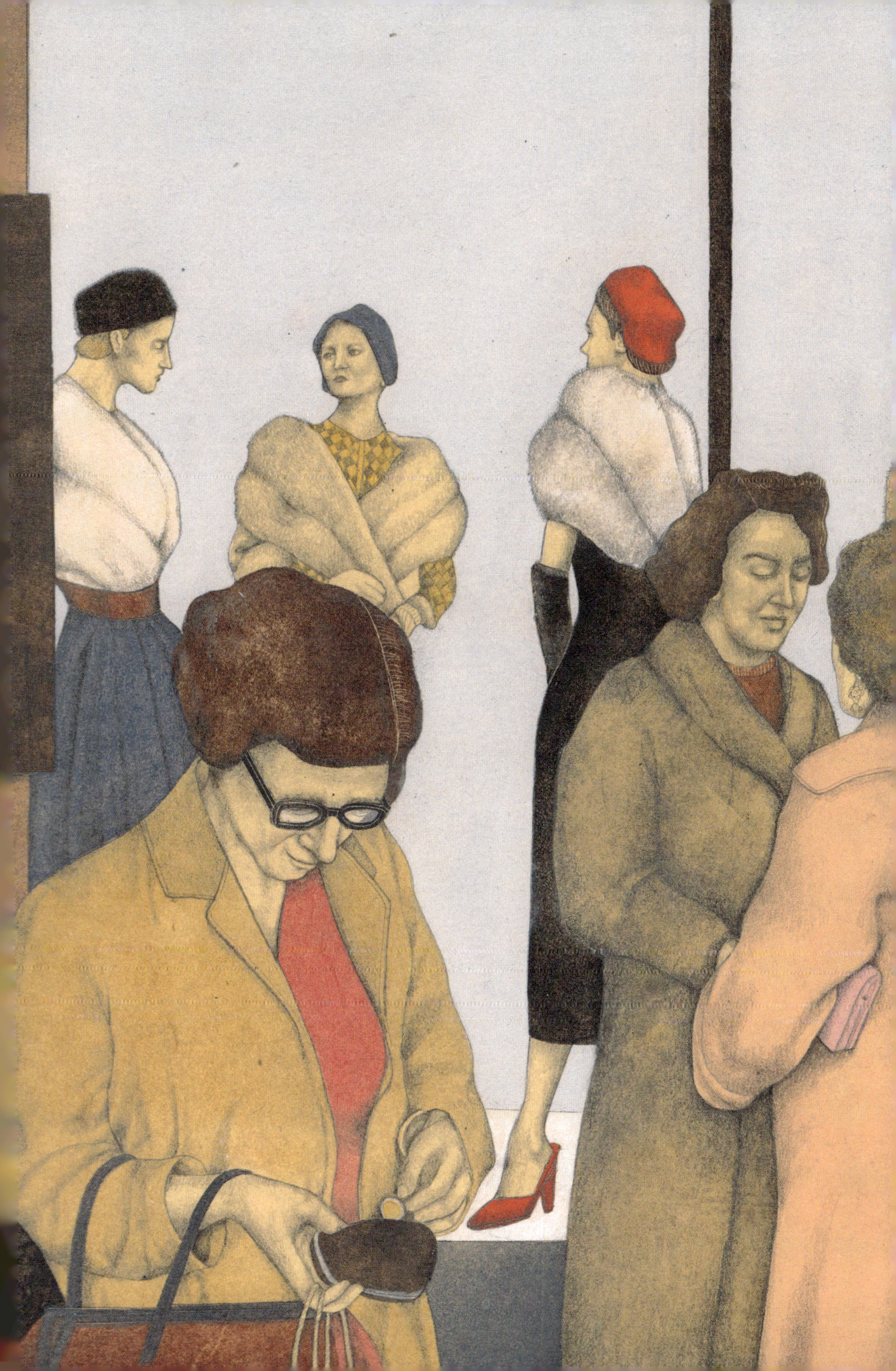

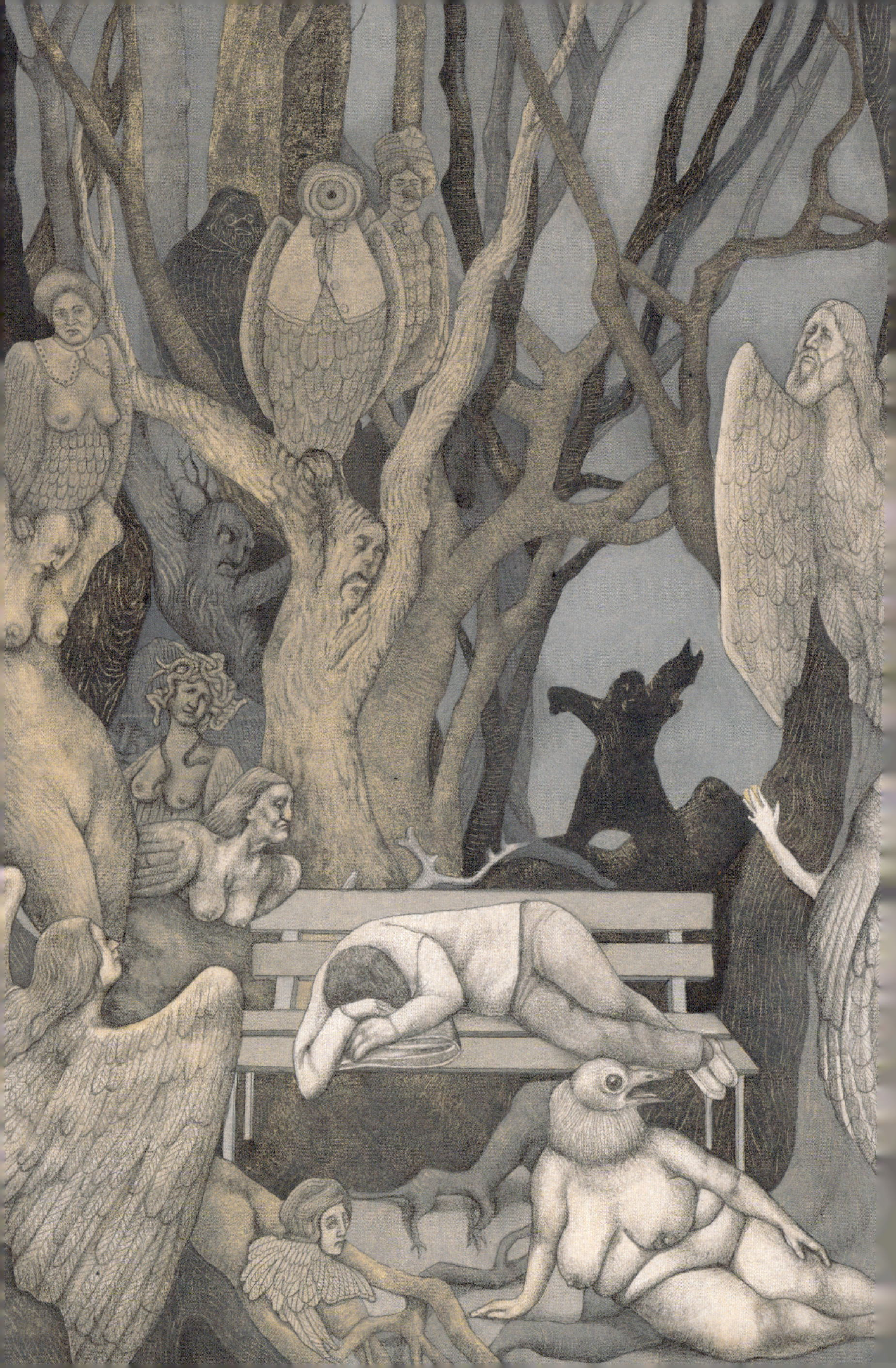

Schreckerfüllt floh ich nach Hause. Doch da erwartete mich eine weitere Überraschung.

Er war angekommen.

Mein Doppelgänger hatte das Haus betreten. Irgendjemand hatte ihn offenbar hergebracht. Ich konnte ihn durch das Fenster sehen, wie er in meinem Sessel saß, in meinem Morgenmantel, und das Buch las, das ich auf dem Nachttisch zurückgelassen hatte.

Diese Nacht verbrachte ich auf einer Bank im Park vor meinem Haus. In den kurzen Momenten, in denen ich schlafen konnte, hatte ich schreckliche Albträume.

Am nächsten Tag rief Herr Rieslinger mich und einige andere Angestellte zu sich, um uns zu fragen, ob wir, als persönlichen Gefallen, für einige Wochen im Büro bleiben könnten. Ohne nach Hause zu gehen. Man würde sich darum kümmern, dass wir saubere Kleidung vorfinden, und uns etwas zu essen bringen lassen.

Wir hätten einen Riesenauftrag aus dem Ausland erhalten, und er müsse unbedingt erfüllt werden – zum Wohle des Unternehmens.

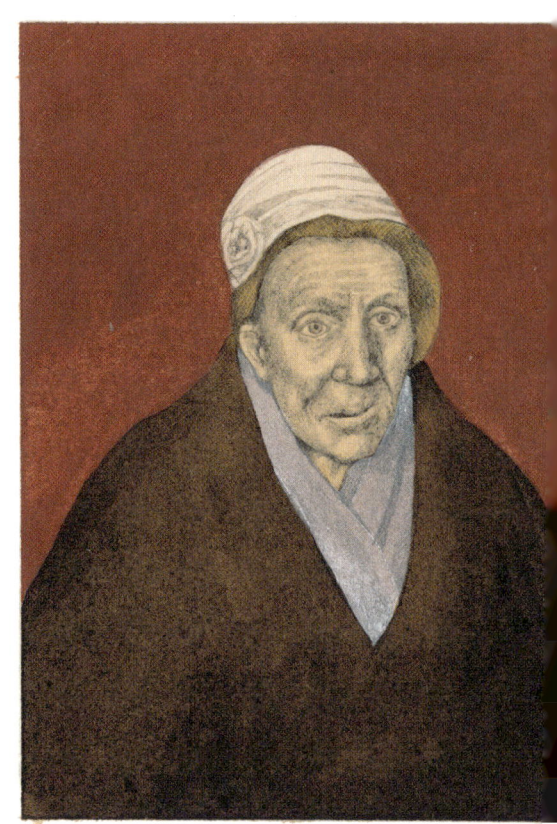

Während Herr Rieslinger sprach, blickte ich zu den anderen Angestellten.

Sie wirkten verwirrt und müde,

als hätten auch sie die Nacht auf einer Parkbank verbracht.

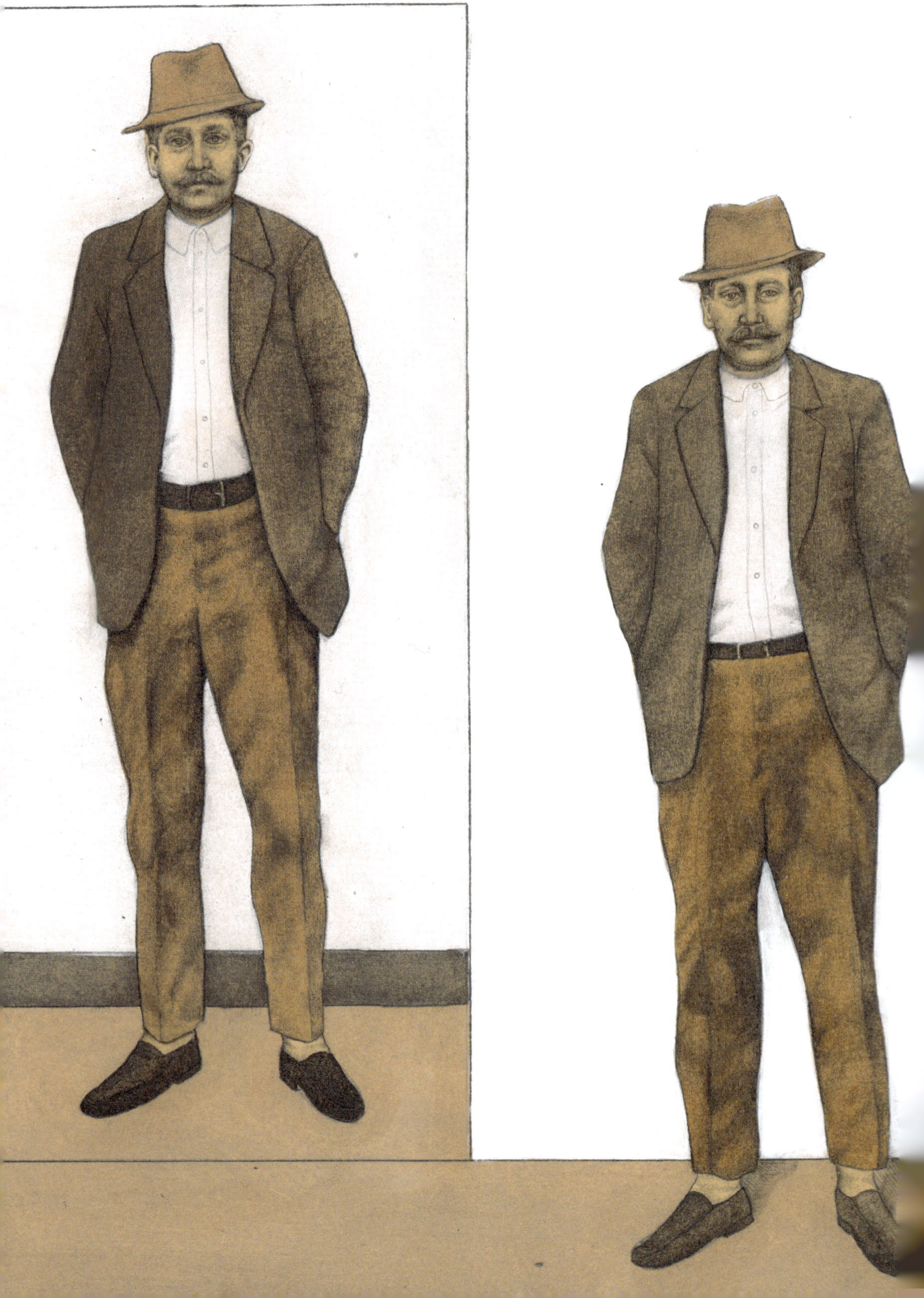

Mensch, der
[mɛnʃ]
Substantiv, maskulin

Primat, charakterisiert durch aufrechte Haltung,
den Gebrauch einer artikulierten Sprache,
ein sehr voluminöses Gehirn, Greifhände etc.

Wir waren alle einverstanden. Man konnte nicht Nein sagen.
Aber in der zweiten Nacht fiel ich in tiefen Schlaf.
Als ich erwachte, schien mir alles klar. Während ich die ganze
Nacht arbeitete, lebte jemand mein Leben an meiner Stelle. Bis
jetzt hatte ich geglaubt, es handle sich um mein Duplikat. Aber
wer konnte sagen, ob es nicht umgekehrt war?

Vielleicht war ich ja die Kopie.

Waren vielleicht wir die Duplikate? War es an uns zu arbeiten,
während die Originale zu Hause ihre Leben führten?

Vielleicht hatte Herr Rieslinger mich angelogen …

Bis heute weiß ich noch nicht, ob es so war. Ich weiß nur, dass bei mir zu Hause ein Unbekannter war, mit meinem Gesicht, und dass ich nicht zurückkehren konnte.

Bevor es Abend wurde, haute ich ab.

Ich verließ das Büro, ohne irgendetwas mitzunehmen, nur die Jacke und den Hut.

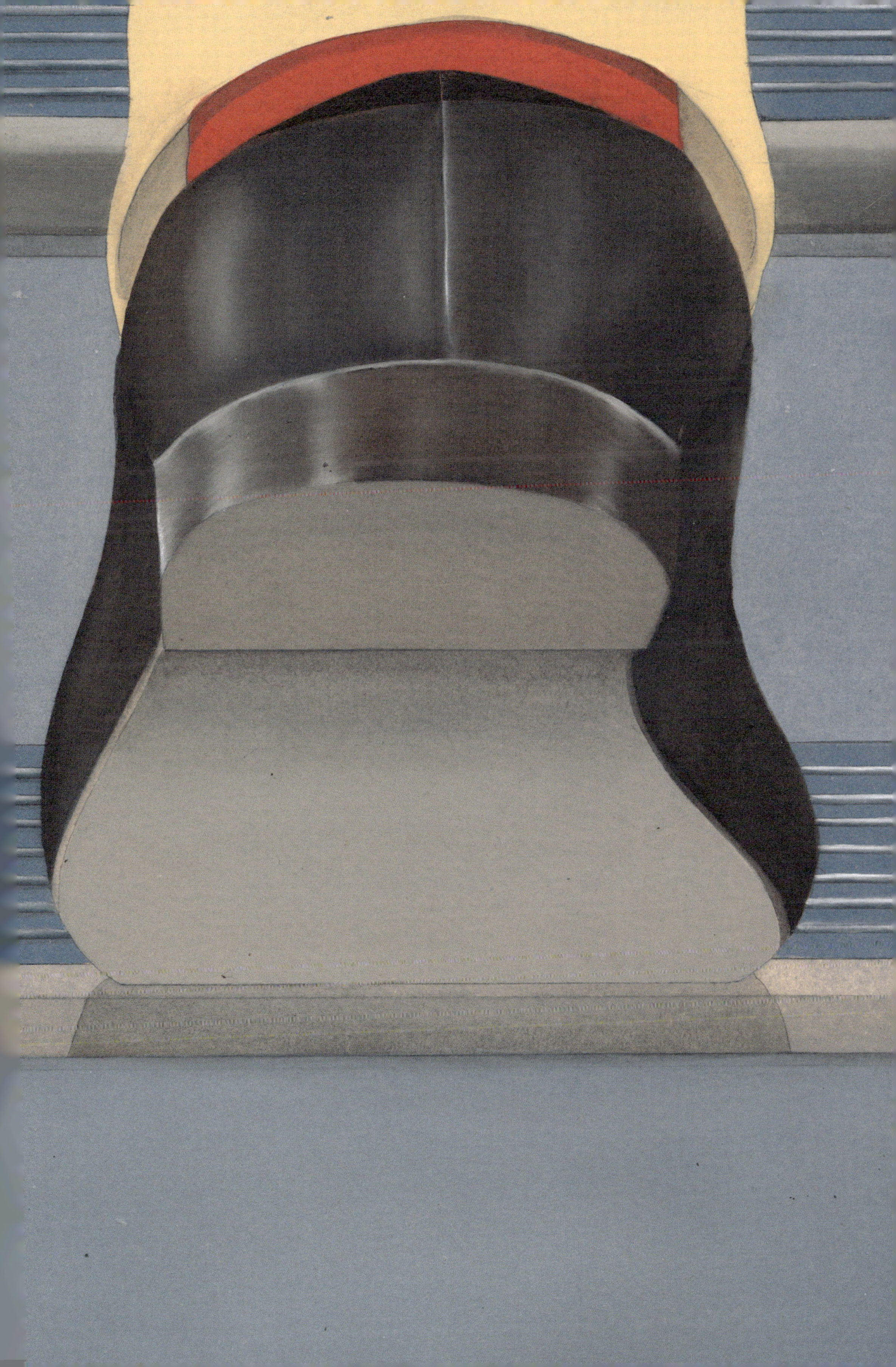

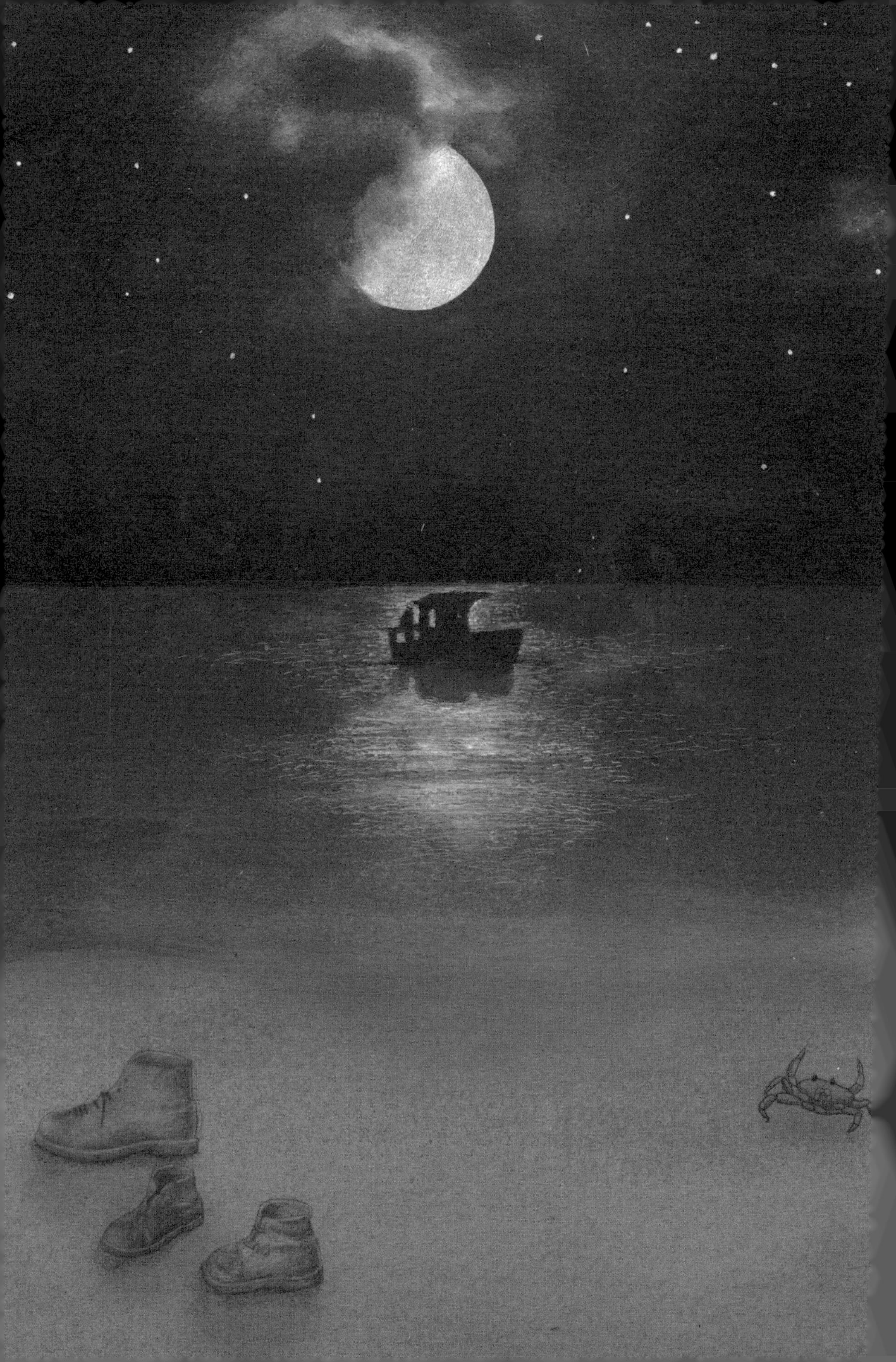

Am Bahnhof fuhr der erste Zug um fünf Uhr morgens Richtung Süden. Zum Meer.

Ich habe das Meer immer geliebt,

schon als kleiner Junger, als mein Vater mich dorthin mitnahm, um nachts Krebse zu fangen.

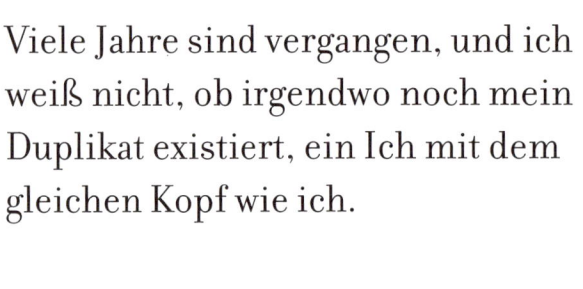

Viele Jahre sind vergangen, und ich weiß nicht, ob irgendwo noch mein Duplikat existiert, ein Ich mit dem gleichen Kopf wie ich.

Vielleicht wohnt es noch da, in dem Haus, in dem ich gewohnt hatte, trägt meinen Morgenmantel, liest meine Bücher und steht samstagmorgens eilig auf, um den Rasen zu mähen.

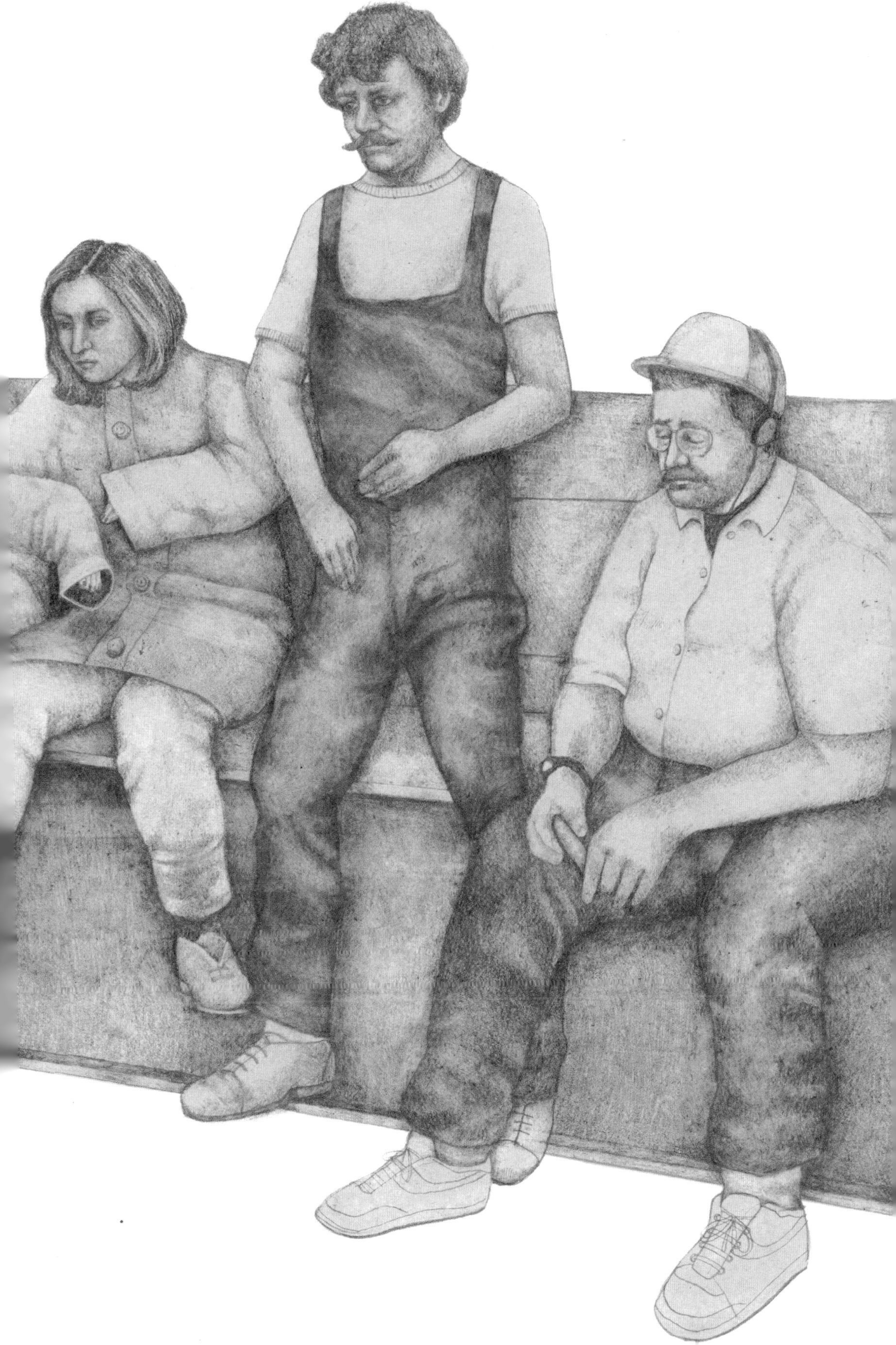

Ich denke nur selten daran, während ich meine Crêpes verkaufe. Von Crêpes verstehe ich etwas. Man kann sie süß oder salzig zubereiten. An windigen Tagen scheinen die Leute die süßen zu bevorzugen, an den anderen Tagen die salzigen.

Sollte ich je meinem Duplikat begegnen, werde ich so tun, als ob ich es nicht erkenne, und werde sagen, was ich zu jedem Kunden sage:

»Süß oder salzig?«

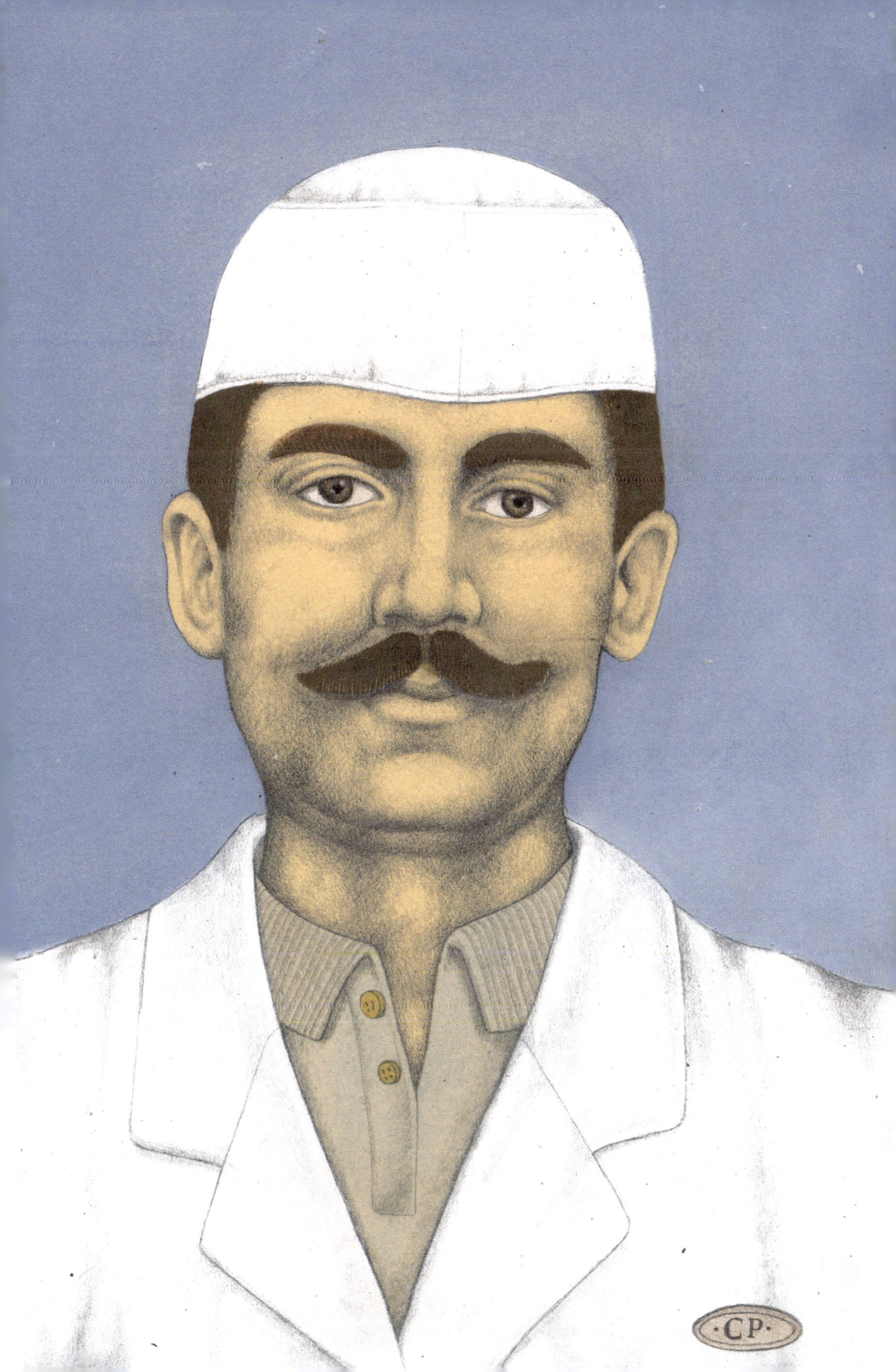
CP